늦여름에 오신 손님

늦여름에 오신 손님

초판발행일 | 2014년 12월 24일

지은이 | 허정원
펴낸곳 | 도서출판 황금알
펴낸이 | 金永馥
주 간 | 김영탁
편집실장 | 조경숙
표지디자인 | 칼라박스
주 소 | 110-510 서울시 종로구 동숭동 201-14 청기와빌라2차 104호
물류센타(직송 · 반품) | 100-272 서울시 중구 필동2가 124-6 1F
전 화 | 02)2275-9171
팩 스 | 02)2275-9172
이메일 | tibet21@hanmail.net
홈페이지 | http://goldegg21.com
출판등록 | 2003년 03월 26일(제300-2003-230호)

값은 뒤표지에 있습니다.

ISBN 978-89-97318-92-6-03810

늦여름에 오신 손님

허정원 시집

황금알

일주일씩 산통을 겪다가 태어나는
나의 여의주 나의 시
이제야 세상 밖으로 나갑니다
외롭고 힘든 이들에게 위로가 돼 준다면
더 바랄 것이 없겠습니다
나에게 불법을 심어주시어
아름다운 생을 살 수 있게 도와주시고
세상을 떠나신 조민재 법사님과
내 그림자처럼 나를 늘 지켜주고
밀어주며 버팀목이 되어준
나의 동반 김경순 보살님께 이제야
감사의 마음 전하며 이 시들을 올립니다.

2014년 12월 1일
허정원 합장

차 례

1부

2부

3부

4부

1부

그대의 창 너머에

그대의 창 저편에서
잃어버린 내 고향이 손짓합니다
그 산기슭 안갯속에
사랑 가득한 아버님의 눈빛
들판 가득히 익어가는 옥수수 이삭들

그대의 창을 통해
들어오는 햇살

아침 이슬 맞으며 피어나는 풀잎

바람결 타고 스며 오는 산꽃 내음

그대의 창 저 – 너머
잠든 호수에
푸른 별 내려오는 밤
그대와 나는
은하수를 건넙니다

그리움 1

아득한 수평선
밀려왔다 밀려가는 물결의 그리움

빠지지 말라는
말 없는 가슴속에 빨간 장미의 그리움

고요한 겨울 저녁
초가지붕에 내리는 순결한 설의 그리움

그리움 2

사랑하는 이여!
바람 부는 언덕에 올라
당신을 그리는 노래를 부른다
또 부른다
타 버린다면
한 줌의 재라도
당신의 가슴속에 뿌려 주오

당신은
나를 위해 봄비가 되어
타오르는 내 마음 끄려 할 것이오
차라리 이 밤
아름다운 음악에 취해
영원한 고향 당신을 그리며
선율과 함께 타 버리고 싶소

당신은 바람이 되어
찬란히 타오르게 불어 주오
당신의 발이 닿지 않는

먼 세계도
재가 되어 흩어져 가고 싶소

바람 되어 가리다

안개 낀 호수 저편
하얀 님의 집 닫힌 창문가
나는
꽃향기 가슴에 안고
바람 되어 가리다

모든 한숨 접어
흰 파도 위에 띄워 보내고
나는
그대
찾아가리다

잔물결 위
일렁이는 얼굴

그리움에 타는 가슴
바람 되어 날아가
따스한 가슴에
안기오리다

너와 함께 다시 태어나

너의 영롱한 눈동자 속에
나는 유일하게 빛나며

복숭앗빛 두 볼 위에
나의 꿈은 다시 피어난다

재잘거리는 너의 목소리로
나는 노래하며

너의 어린 육체 속에
나는 다시 태어나
너와 함께 나는 커 간다

너는 내가 살아 있는 이유이며
너는 내가 사랑하는 가치이며

너는
내 인생 그 사막에
흘러들어오는 생명수이며

어둠을 비춰 주는 등불이노라

길손

나는 오늘 학이 되어
님 찾으러 길 떠나오

푸른 물결 지나 외딴섬
소나무숲 그늘
섬새들 고향에서
당신의 숨결을 찾아보았소

대청봉 봉우리 지나
마등령 넘어 오세암에서
당신의 흐느낌을 찾아보았소

안개 자욱한 울산바위
산도라지 덤불 속
기암 기암 사이
당신의 침묵을 찾아보았소

맑은 계곡 비선대
굽이치는 물속에서

당신의 마음을 찾아보았소

낙산 앞바다
소슬한 바람 불 때
당신의 향기를 찾아보았소

나는
오직
당신이고파
흰 날개 펴고
푸른 산을 넘어
당신을 찾아가오

당신의 창 너머에

당신의 창 저 - 너머
가을이 깊어갑니다
타오르는 단풍
기암 기암 사이
원색의 옷 갈아입고
절정의 노래 부르오

당신의 창 너머
무심히 물결치는 바다
풋풋한 미역 내음
빛나는 태양
피어오르는 흰 구름 자유의 나래
환희의 율동

당신의 창 너머
고향 언덕에
풀 뜯는 황소
흐느적흐느적 꼬리 흔들고
돌담장 넘어

익어가는 감나무 휘어진 가지

가을 들판 저쪽에서
손짓하며 오시네요
그리운
내 아버님이…

당신의 마음 때문에

당신은
내가 좋아하는
우리의 정원에
백일홍이 비바람에 넘어질까 봐
기둥 세워 묶어 주고
탐스럽게 꽃 피라고 거름도 묻어 주었습니다

마당가에 잡초라도 뽑을라치면
손을 휘휘 저으며 못 하게 하십니다

뜰 앞 고추밭에 나가 보려면
넘어지다가 손 저으며 못 오게 하십니다

당신은
뒤뚱뒤뚱 걸음마 하는 아이의 아버지처럼
나 때문에 걱정이 많으십니다

상처투성이
가슴으로 만난 우리 두 사람

20년이 어느덧 가 버렸구료
말없이 서로 그 상처 바라보며
세월이 이만큼 갔습니다

깊어가는 가을밤
당신의 마음 때문에 잠 못 이루고
뜨거운 눈물이 소리 없이 흐릅니다

당신이 떠난 지금도

언젠가 당신이 말했죠
저-기는
내가 자란 고향이라고
그날
내 가슴을 설레게 하던
당신의 고향에
당신이 떠난 지금도
여전히 봄은 왔네요

뒷산 언덕에
복숭아꽃
진달래
개나리꽃
온통
포근한 향기
고향의 향기

저- 정겨운 당신의 고향이
오늘은

나를 슬프게 합니다

개구쟁이 당신을 키워 준
다정한 친척들
그 손길이
오늘은
제 등을 두드려 주네요
그 손길 너무도 따스해
당신이 떠난 지금은
나를 슬프게 합니다
그 어린 시절
당신이 달리던 논두렁을
걷고 있노라니
훈풍을 타고

당신의 음성이
들려오는 듯
아련한 마음은 무엇인가요?

애별리고

사랑이 오는 소리에
사랑이 가는 소리를
무심의 못 가에 앉아
조약돌을 던지며
빈 가슴으로 사랑하려 했는데

님이여!
어찌하여 애별리고의 덫에 묶여
몸부림치는 여인에 되게 하시나요?
인욕
정진
선정을
수행하라 하시는 당신의 음성이 들리나이다

이 오탁의 세계에서
연꽃처럼
살아가게 하여 주소서

강물처럼 흘러가는 이 마음에

둑을 쌓아 주소서

무상의 강물에 배를 띄워
나를 흘려보내 주소서

저 - 향로에
타는 이 몸 심어
연기로 날아가
당신의 창밖
허공이 되게 하여 주소서

그대는 나를

그대는 나를
풀잎처럼 태어나게 했고

초롱초롱한 꽃이 되어
순결한 여인의 삶을 살게 했으며

낙엽 지는 가을 길을 혼자 거닐게 하고

소리 없이
저 – 구름 너머로
가셨습니다

나는 오늘 하늘 되었네

번개가 번쩍
하늘 문이 활짝 열렸네

내가 우주요,
우주가 나임을 이제 알았네
우주는 나와 같은 리듬으로 맥박치며
모든 생명이 함께 호흡하며 살아가고 있었네
아! 이 커다란 한 덩어리
뜨거운 생명이여!

당신과 나

당신이 스쳐 간 바람이라면
나는 떨리는 옷깃이어요

당신이 겨울 산 너머로 온
봄볕이라면
나는 아지랑이 너울 쓴
잔디 언덕이어요

당신이 산기슭에 흐르는
냇물이라면
나는 새하얀 조약돌이어요

당신이 고달픈 나그네라면
나는 길섶의 샘물이어요

당신이 정녕 내게 오신다면
어둠 깔린 동구 밖 장승이어요

자유

그대의 어깨에
자유의 날개를 달아 주리니
창공을 훨훨 날아가세요

먼 후일 나를 떠나보내고
고요히 잠들고 있을 때

그대 안개 낀 나무숲을 돌아
꿈속처럼 날아와
나를 불러 주어요

그때
너와
내가
없는 가슴으로
그대를 잠들게 하리니…

늦여름에 오신 손님

여름이 다 갈 무렵
그리운 그분이 오셨네

삶에 지친 머리칼
물에 적셔 빗고
붉어지는 가슴 어쩔 수 없었네

객손 끊어진 지 오랜
적막한 내 집에
님께서 고이 잠이 드셨네

그 밤
잠이 앗아갈까 두려워
밤새워 푸른 별 세었네
그분을
저 - 푸른 별에 비할까?
아니
더 초롱초롱하고
동해에 뜨는 일출에 비할까?

아니
더 타오르고
호수에 서리는 안개에 비할까?
아니
더 아련하고
침묵하는 설악에 비할까?
아니
더 묵묵하고
아!
그분은 오직 그분일 뿐

비할 곳 하나 없네

떠나신 그 날
작은 이 도시에
가득히 남겨 놓은 발자취
그 뒤를 다시 밟으며
나는 생각했네
그분이 남겨 놓은
짧은 한마디를…

어느 날 1

그대 이 세상 떠난 후
슬픔 속에 살고 있었소

나 이제 하늘 되어 내려오리오
그대 내 달 아래 하늘 되어 내려와 있구료

하늘이 파랗게 내려오는 날
나 맑은 시냇물 되어 흐르는데
떠난 줄 알았던 그대는
고운 돌을 쓸어 주는 시냇물 되어
내 물속을 흐르고 있었소

나 구름 위에 바람 되어 날개 춤출 때
그대는 어느새
내 바람 속에 바람 되어
불고 있었소

언제부턴가 시작도 없고 끝도 없이
그대와 나는 그렇게 맑게 떠 있었소

온 세상과 하나 되어 영원히 그렇게
떠 있구료

어느 날 2

눈 부신 태양이
눈 덮인 산야를 빛내고 있는
아침이 왔구료

당신의 음성이 귓가에 들려오네요

세상은 깨어나 찬란하네요

떠난 줄 알았던 그대는 나를 부르고
아름다운 세상을
함께 놀자 하네요
꿈의 세계를 만들라 하네요

생명의 율동으로 가득한 세상
가슴이 터질 것 같네요
세상이 이렇게
그 하나 속에 가득히
찬란한 것인 줄
이제 알았구료

행복의 뜬구름

그대 멀리 있지만
봄이면 꽃으로 피고
가을이면 단풍 되어 뜨거운 입맞춤으로 다가와
겨울이면 흰 눈 되어 나를 부르는 소리

산으로 가면 푸른 소나무
바다로 가면 수평선 위를 나는 물새

달이 뜨면 내 뜰 위에 달빛으로 내려와
밤새워 창밖을 지켜 주고

산책길엔 이슬 되어 발등을 적셔 주며
슬픈 날엔 빗물 되어 흐느끼는 소리

그대 멀리 있지만
나 언제나 행복의 뜬구름 되어
님의 가슴에 삽니다

선녀랑 가는 길

선녀랑 계곡 흐르는 물은
가는 줄도 모르고 가고 있구나

수없는 나에 부딪혀
갈 곳 잃은 내가 서성이며

산수유꽃 노랗게 피어난 골짜기
그 속에 깊이 안기어

나를
하나하나 벗어
세속의 아쉬움
물결에 씻고
또
씻어

고통도
기쁨도
놓아 버린 거기에

참 내가 하얗게 웃고 있는 것을

보여지는 나
간 곳 없고
보고 있는 나
간 곳 없이
꿈처럼 앉아 있을 때
계곡엔 푸른 하늘이 내려오고
흰 구름이 두둥실 떠가는구나

요람을 짜며

쏟아지는 눈발 속에
저무는 저녁 하늘
까만 밤의 적막 속에서
밝아 오는 동녘 끝없는 하늘가에서
안개 서린 호수 멀리에
나는
기다리려 하지 않았는데
당신의 모습이 찾아옵니다

이 세상 모든 것이
거미줄처럼
당신과 연결되어
우주에 충만하고

해는 뜨고 또 저물고
바람 부는 날
눈이 오는 날
나는
새털구름 마음을

한 올, 한 올 짜가며
모든 고뇌 잊고
잠이 드실
요람을 만듭니다
온다는 기쁨 없이
간다는 슬픔 없이
그대로 왔다
편안히 가시옵소서

나는
무심無心의 못 가에 앉아
오는 당신을
가는 당신을
눈물 없이 사랑하렵니다

소리

내 가슴 깊은 곳 어디선가
돌돌 울려오는 소리
샘물 구르는
구르는 물소리

내 가슴 들판 저 - 멀리
논두렁길
풀잎 사이 부는 바람
보랏빛 들꽃
소슬소슬 피어나는 소리

내 가슴 깊은 계곡
안개 걷히는 아침
수려한 산세
가득한 산내음
가득한 산울림

2부

봄이 오면

저— 쌓인 눈 녹으면
봄옷 입고 오실까?
목련꽃 핀 오솔길 따라
풀잎처럼 오실까?

봄 골짜기 진달래 안고 오실까?
눈 녹는 계곡 잔물결 되어 노래하며 오실까?

봄 동산 아지랑이 되어 졸음으로 오실까?

추억 속에 당신이 봄옷 입고 오실까?

봄 동산

내 동산에 당신을 초대합니다
향기 넘치는
꽃들의 합창이 있고
푸른 잔디 위
아지랑이 졸음이 한창
싱그러운 바람이 부드러운 선율로 속삭이고
흰 구름 머물러 쉬어가는 곳
내 동산에 오세요
나는 향기 자욱한
여인이 되어
이슬 내린 잔디를 밟으며
당신을 맞이할
봄 노래를 준비하렵니다

봄나물

봄 시장에 나물 사러 나갔네
달래, 냉이, 씀바귀, 돌미나리, 어린 쑥
나물 파는 할머니
주름진 얼굴 위에서
나는
멈추어 버렸네

밭두렁 논두렁에서
나물 캐던 어린 날
흰 옥양목 적삼 곱던 내 어머니
봄나물 위에 어리는 얼굴

바구니 가득히 봄나물 사 담고
추억에 잠겨
울먹이는 내 가슴

봄은 오고
꽃은 피고 지는데
다시 못 오실 길 떠나신 어머니

오늘은
봄 시장에
아련한 봄 향기 안고
당신이 오셨습니다

여름 밤바다

한이는 노를 젓고
희는 노래를 불러

은빛의 바다는
달을 폭삭 안았다

찰랑찰랑 뱃전에 물결쳐 오면
희의 가슴은
물결이 되어…

이 밤은
언젠가 보름달이 꾼 꿈인가 싶다

바람은 너무도 고와
희는 가슴 가득히 한 아름
바람을 안아 본다

저– 작은 까만 섬으로
한이는 배를 저어간다

거기
희같이 하얀 바위가 기다린다나?

여름 밤하늘

저 - 하늘 별들의 숲 속에
우리의 집이 있습니다

뜰 아래 채송화 피고
봉숭아꽃 피는 날
손톱에 곱게 물들이고
차를 끓여 당신께 드리렵니다

싸리문 밖 텃밭에
호박 따다 저녁 짓고

하얀 모시옷 지어 입혀
왕골 돗자리 깔아
그대를 잠들게 하렵니다

저 - 하늘 별들의 숲 속에서
고향 노래가 들려옵니다

먼- 그날에

그 옛날
님은 즐겨
저- 먼
푸른 하늘을 지켜보았지

하늘가에서

만법이 하나 되어
백회를 터져나가
우주로 퍼져 나간다

태양은 단전에 들어와 타오르고
구름처럼 소슬소슬 피어오르며
세포 사이사이를 넘나든다

우주는 내 가슴과 같은 리듬으로 진동하며
깊은 잠에서 깨어나
기지개를 켜고
춤을 춘다

내 허리 팔다리는 나비처럼 하늘거리며
단전에 뜬 태양을 응시한다

가슴은 모두를 품고 있는데
행복과 아픔이 수없이 교차하는 순간
상단전은 비전으로 빛나며

황홀한 내일을 꿈꾼다
나는 이 하늘로 가는 기차에 모두를 태워
돌아갈 것이다
저 – 하늘로 끝없이…

밤하늘

어두운 밤하늘
무량한 마음 바다에
당신을 그리는 시어가
밤하늘의 별이 되어
수없는 속삭임으로 반짝입니다

내 눈물 하나에
그리운 시어 하나

그리운 시어 하나에
저 - 별 하나 태어나

밤하늘은 내 사랑이 태어나는 꽃밭입니다

그리운 마음 하나에
꽃나무 하나 심어

사랑은
꽃으로 피어 별이 됩니다

나는
허공에 뜬 달처럼
떠돌지만

내 하늘은
음악이 흐르고
향기로 가득 차
찬란하게 펼쳐집니다

가을 길목에서

하늘이 파랗게 울고 있는 계절
너와 나의
대화는 언제부턴가 끊어졌다

물결처럼 밀려가고
또
끝이 없이 몰려오는 군장 속에

너의
창백하던 얼굴
슬픈 눈동자
조용한
발걸음은 오지 않는다

그리움은
강물처럼 흘러가 돌아올 줄 모르는
너의 환상을 지배한다

떠나 버린 이여!

가로수에 푸른 잎이 누렇게 물들기 시작한다
그 낙엽이 다 떨어져
흩어진 보도 위를
나 홀로
거닐게 하지 말아다오

가을 편지

강변에 모여선 갈댓잎들이
이제는
황금빛 나래를 푸른 하늘에 날리는
가을이라오

강물은 오늘도 유유히 흐르고 있다오
어디서 떨어져 흘러온
붉은 낙엽
노란 은행잎이
물결을 타고 또 어디론가 떠나는 길손이라오

사랑하는 이여!
노란 은행잎에
그리움 담아 물결에 띄워
당신의 뜰 앞에 닿는 날 아침
살며시 건져내
입 맞춰 주려오?

이 계절엔

황금빛 갈대들이
더없이 다정하다오
그래서
나는
강변에 사는 여인이라오

가을 나무

낙엽 쌓인 나무숲에
가을 햇볕이
단풍나무 사이로 빛나며
흰 구름 내 가슴에
안기어 오네

나무 숲 속 저쪽에서
불어오는 서늘바람
빨강, 파랑, 노랑으로
모두 모두 혼자 서서
너만의 빛깔로 피어나는
가을 나무들
오! 슬프게 아름다운 산
이토록 신비한 아름다움이
고독과 고독의 조화일 줄은

가을 나무 밑에 서니
오늘이 소리 없이
쌓여 가네

겨울 강변에

얼어붙은 강물 위에 흰 눈이 내립니다
강 건너 지평선 위에도
하얀 은세계

이런 날이면
언제나
까만 스카프를 머리 위에 쓴다오

하얀 손길이
당신을 기다리는 옷깃 위에 내리는 소리

황금빛 갈대
푸른 물결도
겨울이 앗아간 이 강변에
변함없이
이 바위는 나를 기다린다오

석양도 없는 오늘
나는 어떻게 돌아가나요?

눈이 오는 날

함박눈이 내립니다
당신이 사랑하던 이 마을에
우리들의 사랑이 밀물처럼 밀려가고
함박눈만 온 누리에 내려옵니다
못다 한 우리의 이야기가
흰 눈이 되어
내려옵니다

푸르던 밤나무 가지 위에도
구부러진 돌계단 위에도
소리 없이 내려옵니다

타오르던 사랑
애타던 기다림도
이젠 모두 잠재우고
고요히 내려옵니다

당신은 저- 눈 속 어디에서
무엇을 하시는지

오늘은 바람 되어 찾아와
문고리만 흔들고 지나갑니다

호숫가에서

님과 거닐던 호숫가에 달빛이 쏟아진다
무수한 푸른 별이 호수에 쏟아져 내려온다
님께서 들려주시던 노랫소리가
오늘은 달빛이 되어 내게 속삭여 온다

님만을 향했던 나의 눈길이 이 밤은
허공만을 바라볼 뿐

당신은 학이 되어 저 - 호수 위를 떠다니다가
그 어느새 소리 없이 떠나셨나?

긴 다리에 눈부신 깃털
우아한 긴 목에 잔잔한 미소
겨울 호수를 닮은 그 눈빛
안개 자욱한 선정의 그 목소리
싸늘한 가슴인 듯
더더욱 따스한 마음속
향기 어린 전설의 이야기들

꿈같은 지난날은 물과 같이 흘러갔어라

밤은 깊어가고
은빛의 달빛이
푸른 별들이
내 마음 되어
서럽게 쏟아져 내려오는 이 호수

나는
밤새도록 거닐고 싶어라
떠나 버린 나의 학이여!
그대를 잃어버린 이 밤
나는
한없이 통곡하며 헤매노라

뱃전에서

그대를 떠나
무상의 마음 바다에
배를 띄우고 정처 없이 떠나려오

슬픈 나그넷길에
그대는
고향의 아버님이었고
어린 날 그리던 님이었소
그 포근함에
모든 것 잊고 꿈속에 있었소

이제 다시
뜬구름처럼
그대 곁을 떠나가려오

조금은 아쉬움이 있고
조금은 눈물이 있고
추억 속에 우리가 있는
그런

이별이고 싶소

그것도 욕심이라고 꾸짖으시면
그것조차 버리고 떠나가려오

이제는
파도치는 가슴을 안고
떠나갈 작은 배만이 나를 기다린다오

산

그대는
푸른 산으로 내게 오셨습니다
나는
그대 가슴에 피어나는
산꽃입니다
보랏빛 물 머금고
초롱초롱하게 피어나는 산꽃입니다

그대는
사랑을 안고 산으로 내게 오셨습니다
나는
그대 가슴에 흐르는 샘물입니다
뜨거운 여름날
차갑게 솟아나는
샘물입니다

그대 깊은 골짜기
안개 흐르는 아침
나는

노래하는 산새입니다
잠든 그대 귓전에
아침을 알리는 산새입니다

강물

내 가슴 깊이
푸르게 굽이치는 강물
그 강기슭
잔디 언덕에 앉아
강물을 들여다본다

누구와 이야기를 할 때
누구와 한없이 웃을 때에도
내 강물은 굽이쳐
가슴을 흘러간다

모든 사람들이 다 돌아간 뒤
나는
강물을 또 들여다본다

푸른 하늘 흰 구름 사이로
가을이 오는 소리
낙엽이 강물에 떨어져 가는 소리

겨울이 오는 소리
흰 눈 내리는 소리
강물은 말없이 흘러간다
어디서 오는 건지
어디로 가는 건지
무심히 흘러가는
내 푸른 강
푸른 강물

일출

동해에 태양이 솟아
바라는 타는 빛으로 끓고 있구나

찬란한 빛
타는 바다의 이글거림, 생명의 맥박이여!

청초호에 안개가 자욱이
나래를 깔고
산언덕을 흰 옷자락으로
가리는 듯 보이는 듯
아직도
내 피부에 남아 있는
수줍음의 속삭임으로 피어오르는 안개

저– 멀리
설악산 봉우리가 장엄히 버티고 앉아
나는 이 아침
너에게 안겨
행복한 마음이어라

오늘은 또 얼마나 파룻한 날이 되려나
친구여! 저녁에 만나 축배를 들며
정겨운 대화를 나누자
사랑이여!
당신이 내게 준
이 삶의 깊은 의미를
영원히 간직하리다

은파

달빛이
바다 위에 내려와
부서지는 은빛 파도

달무리 밑으로 흘러가는 구름

검은 하늘 저 - 멀리 초록별 빛나고

낙엽을 쓸고 지나가는 소슬바람

달빛 아래 모두가 젖어드는데

언제부턴가
이런 밤은
오고 또 가고
세월은 흘러가는데

기다림은 모든 아픔을 지우고
그리움만 덩그러니 남아

은파 속에 깊어가는 가을밤
소식 없는 그대에게
나 어이 전하리
이 마음을…

눈 오는 밤에

하얀 눈이 온 세상을 덮어도
안 오시는 소슬한 밤에
사랑은
물빛으로 내 가슴에 피어납니다

밤새도록 창밖에 눈이 오는데

흰 눈보다 더 소리 없는 진실을 모아
당신에게 드리는 시를 씁니다

그리움은
강물이 되고
바다가 되어
내 가슴에 몰려옵니다

밤새도록 창밖에 눈이 오는데

당신은
슬프게 내 가슴에 피어납니다

황혼

사랑이여!
너는
황혼 속에 구름처럼 불타올라
어찌해
파도처럼 밀려가며 통곡하는가?

3부

메아리

사랑이 시작될 때
나는
봄, 여름 화려한 계절에
노란 장미로 웃었고

비 개인 오후
숲 속의 삐죽이 되어
창공을 날며
사랑을 노래했었네

그러나
이제
이별과 함께 찾아온
소슬한 가을바람이
귓가를 스칠 때

나는
낙엽이 되어
황량한 벌판에

뒹구는 몸이라오

이제
다가오는 은색의 겨울에 남아
추억의 동산에서
당신을 부르는
메아리가 되라 하심은
정녕 당신의 마음인가요?

도라지꽃

당신은
넘실대는 동해 이름 없는 섬
굵직히 솟아 있는 바위가 아니오?
낙엽이 당신의 가슴 앞에 눈물짓는 가을밤
눈이 온 섬을 흰 자락으로 덮는 날
붉은 동백이 요염하게 웃음 져도
꽉 다문 입에
펼쳐진 푸른 시야만을
묵묵히 지켜보는 바위가 아니오?

잔잔한 물결 위로 그림자 지으며
흰 구름 뭉게뭉게 밀려오는 날
이 몸은
허리 가는 보라 꽃이 되어서
당신의
가슴 위에 피어나는 꽃
살랑살랑
실바람만 불어도
꽃잎이 떨어질까

두려움에 떠는 꽃

이슬진 눈망울로
당신만을 지켜보는
내
푸른 목이 가늘다 해도
보랏빛 순결을
당신에게 드리는 날
굵은 미소에
말없이 이 꽃을 안아 주시리

들국화

비 오는 들녘
길섶의 흰 들국화
비바람 피할 길 없어
눈물 젖는 그대여!

슬픔은 오직 그대 혼자의 것
대신할 수 없는 그 삶

생명이 주어진 그날까지
가슴에 꿈을 안고 살아가는 가을꽃

깊어가는 가을 들녘
그윽한 향기
바람에 실려 보내며

그 누가 온다 해도
그 누가 간다 해도
무심히 피고 지는 그대여!

이 비 개이고
저– 수평선 위에
태양이 떠오르면
가슴에 이슬 안고
아침의 노래를 부르리

해당화의 노래

바람 부는 바닷가에
날마다 나가
노래를 부르오
출렁이는 맑은 물결
충만의 흐느낌

나는
고독을 깨고 피어나는
진홍빛 해당화라오
꽃잎이 바람에 흩날려 소리 내어 울어도
소라 해파리 해초들과
전설의 사랑 이야기 나누며
언제나 살려오

푸른 파도 푸른 물결
날마다 다른 얼굴이지만
나는 안다오
보이지 않는 깊은 바닷속
선정의 당신을…

오늘은 파도치지만
내일은 고요할 것을 약속하는
파도여!
내 고향 물결이여!

흑장미

초여름날
함초롬히 흑장미 봉오리 연다
이슬 젖은 눈망울
열정의 꽃입술

붉으려야
더 붉어질 수 없어
이제는
타는 빛의 꽃이라오

삶
그 긴 여정
추웠던 겨울날
어두운 밤도
오늘을 위해 살았다오

이 행복한 아침
사랑이여!
타오르는 태양으로 다가와

가득한 빛으로 오셔요

그대를 향기로 묶어
아득한 고향으로 데려가고픕니다

그립던
그대에게 안겨
생의 찬가를 부르렵니다

빨강 코스모스

당신은
푸른 하늘 타고 오신 가을입니다
나는
당신의 가슴에서 태어난
빨강 코스모스예요

지긋한 눈빛
당신은
뭉게구름 되어 내려와 포용합니다

나는 이 원색의 하늘 밑
타오르는 마음 담아
흐느낌으로 피어난 꽃입니다

당신은
푸른 별들이 가득한 밤하늘
달빛으로 내려와
이슬 내린 내 얼굴에
사랑을 속삭입니다

당신은 가을
나는
당신의 가슴에서 태어난
빨강 코스모스예요

산까치

이른 아침 소슬 문밖
아침을 알리는 산까치

어제 누군가 슬픈 소식 전하길
"학사평 순두부마을 가는 길에
까치 세 마리 잡아 두 마리는 보약 해먹고
한 마리는 박재한다나?"

오늘 아침 태양은 저리 빛나건만
흰 눈 쌓인 산비탈 작은 내 집 언덕 위
마른가지 올라앉아 먼 하늘 보는 슬픈 눈망울
형제 잃은 까치야!
이 세상 모든 것은
만날 때 이미 이별을 잉태한단다
그 작은 가슴에 큰 슬픔 어이 삭히리

흰 구름 모였다가
무심히 흩어지듯이
그렇듯 만남은 무상한 것

어제의 아픈 일들 모두 잊어버리고
내일은 다시 태어나
즐거운 노랫소리 내게 들려주려나

가을 내설악

단풍 물들어 찬란한 가을 산
계곡 흐르는 물에
발을 담그니
어제의 아픈 일들
다- 씻기어 가네

산 위에 떠 있는 흰 구름
그 가슴에 안기니
세속이 아련히 잊혀 가누나

높푸른 하늘 쳐다보니
가슴이 파랗게 물들어 오네

나뭇가지 사이로
스치고 가는 바람
모든 한숨 실어 안고
한계령 고개를 넘어간다네

오늘은

이 가을 햇살에 취하고
낙엽에 묻혀
다섯 자 작은 이 몸
쉬어가려네

겨울 영랑호 1

당신과 겨울 호수에 가고 싶었소
고니들의 한가로움
당신 눈 가득히 겨울 호수의 빛
그 빛 속에
영원히 안주하고 싶었소

흰 눈 쌓인 호숫가에
당신과 나의 발자국 남기며
당신 가슴에 안겨 노래하는
어린 새이고 싶었소

지난여름 푸르던 갈대들이
이젠
황금빛으로 고갯짓하오
호수 저 - 멀리 뭉게구름 속에
타오르는 내 마음
실려 보내오
그대 가슴 깊이 묻어 주오

오늘 밤
꿈길에 그대를 만나
나는 다시
이 호수를 찾으리오

겨울 영랑호 2

님 그리워
애타는 마음 가눌 길 없어
겨울 호수에 나가 보았네

귓가를 스치는 바람 소리

그리운 마음 하늘에 닿아
내 가슴이 열리어
호수가 되었네

수없는 철새들
눈부신 깃털
끼룩거리는 소리
내 가슴에 울고

세찬 바람에도
꺾이지 않는
황금빛 갈대들

님은 어느새 흰 구름 되어
내 가슴 위에 떠 있네

겨울나무

찬란한 오월의 태양 아래
파릇파릇
연록의 순결

작열하던 팔월의 태양
빛나던 가슴
우주를 품 안에 안은
진록의 원숙한 여인이여!

절정의 노래
시월의 노래 들린다
타오르는 붉은 입술
뜨거운 입맞춤
그리고 이별이여!

이젠
황혼의 하늘 밑
빈 몸뚱이 사이로
스산한 바람 지나간다

봄, 여름, 가을
두근거리던 추억의 날들이여!

이젠
메마른 나신 속에
모두 들어와
하얀 겨울의 찬가를 부르자

겨울 목련

잿빛 하늘을 향해
두 팔 벌리고
겨울 언덕 위에 목련이여!

하얀 눈 쓰고 빨간 입술 꼭 다문 채

해마다 오는 긴 겨울의 시작
약속도 없이 언제나 찾아와
세찬 바람
수없는 몰아침

이 겨울
메마른 가지 속에서
기약 없이 떠난 님
그 님을 위해
고운 향기 만들며
살아가는 겨울꽃

아지랑이 고개 넘어 그리움이 넘나드는 날

다시 꽃필 사월 그날을 위해

작은 가슴속에 타오르는 사랑 감추고
긴 겨울 보내는
목련이여!

설레는 봄
그대의 봄은 언제 오려나

눈이 오는 송지호

눈이 내린다
송지호에
검은 머리 시린 가슴 위에

눈밭에 뛰노는 흰 고니의 무리

멀리 가 버린 당신
호숫가에 서성이던 희미한 그림자

저무는 송지호 눈 속을 나는 간다
숱한 그리움 가슴에 새겨 다지는 나날

수많은 이야기 꾸러미 만들며 세월이 간다
당신의 마음 저 - 눈 속에 고니처럼 순결해지는 날
나는
붉은 입술로 당신을 맞으리
그때
내 머리 흰서리 내리고
입가에 잔주름 서럽다 해도

당신이 고니 되어 찾아오는 날
지난날을 태워 버린 뜨거운 가슴으로
당신을 맞으리

눈이 내린다
송지호에
검은 머리 시린 가슴 위에…

낙산사 오솔길

오월의 숲은
꿈으로 부풀어 올라
연록의 구름을 이룬다

하늘을 향해 피어오르는
환희의 속삭임
진실의 흐느낌

새들은 노래하며 날고

숲길을 걷노라면
설레는 가슴
그리움에 마음 아파

나는
흰 파도가 되어
밀려가며 사랑하고
밀려오며 슬퍼하고

그러나
오월이여!
나는 이제 너를 맞아
태양같이
허공처럼
그렇게 살아가리

지월_{之月}의 영랑호

하얀 냉이꽃 피는 호숫가
외 가리 한 마리 하늘을 난다

아무리 날개를 펴 봐도
다 할 수 없는 몸짓

아무리 울어 봐도
다 전할 수 없는 이야기

나뭇가지 위에 살포시 내려앉아
먼 하늘 보며 무엇을 생각하나?

그리움 모두
물결에 던져
세월에 던져
슬피 울다 가늘어진 긴 목선

이제
영랑호에 석양이 진다

호수 저편 들을 건너 산 넘어
님 계신 곳으로
어서 돌아가거라

너를 보내고
나도 돌아가
작은 내 집에 등불을 켜야지

지월之月 저녁

그대 떠난 소슬 저녁
그리움은 어디서 오는 걸까?
수평선 멀리 바람 타고 오는 걸까?
옷깃에 머무는 바다 풀 내음 그 기억들

이 저녁
그대는 무슨 생각을 하실까?

날마다
날마다
아픔의 날이었소

그대에게
이 맘 전할까 생각도 했지만

기다림
그 인고를 안고 지새웠다오

낙조의 시간

호수에도 나가 보았소
잔물결 위 그 얼굴 내려와
바람결 따라
아련히
흐르고 또 흐르고
하얀 냉이꽃
한 아름 안고 돌아와
이 마음 달래었다오

그대 없는 이 저녁
푸른 별수 없이 빛나는 밤
나 어이
지새리
이 지월之月의 밤을

시월의 아침

목련꽃 하늘을 향해
애원의 나래 펴고
진달래 산기슭에
그리움 안고 피어나

숲 속에 서 있는 나무들
골짜기마다 꽃잔치

들판 가득히
생명이 움트는 소리
가지마다 새봄의 노래

호숫가에 엷은 안개
흰 자락을 드리우고

하늘에는 흰 구름 흘러간다

어디론가 떠나가며 흐느끼는 파도

이 봄날 아침
대단원의 협주곡이 시작됐구나
이 완벽의 화음 속을
설레는 가슴 안고
꽃길을 따라
나는
끝없이 가고 싶다

울산바위

그대 언제나 내 창밖에
나를 기다리는 설악의 바위여!

그대 가슴에 아롱져 여울지는 무지개꿈

비 오는 날 그대는 비가 되어 내리고
바람 불면 그대는 바람 되어 외치다
단풍 드는 계절엔 빨갛게 타오르고
흰 눈이 온 산을 내려오는 날
그대는
순결한 여인이 되어
님 맞을 설렘에 두근거린다

아련한 안개가 그대를 휘어 안을 때
살며시 솟아오르는 고고함이여!

천 년의 설정 속에 침묵의 노래여!
준엄한 침묵의 언어여!
그윽한 석화의 향기여!

내 그대에게 잠기어
영원히 꿈속에 살리라

울산암을 흐르는 강

눈 덮인 울산암의 밤
그 가슴 깊이 흐르는 강물

달빛이 은실을 뿌리며 내려와도
매서운 바람 소리 들으며
강물은 말없이 굽이쳐 흐른다

동해에 태양이 솟아오르면
그대는
환희의 모습으로
다시 태어나
큰 가슴 열어 아침을 맞는다

골짜기마다 찬란한 눈빛들
얼음장 밑으로 봄이 오는 소리
나뭇가지 위 산새들이 사랑 노래 지저귀는 한낮
그러다
다시 설악에
황혼이 지면

화려한 그 얼굴에 어리는 그림자
강물은 깊어가는 겨울밤 침묵 속으로
푸르게 굽이쳐 흐른다

울산암 밑에서

동해가 붉게 물든다
산은 아직 잠이 깨지 않았는데
이 새벽 울산암
수줍음 가득한 홍조의 얼굴
흰 너울 치마 입고 어딜 가시나

풀섶에 흰 들국화
어스름 새벽빛 받아
하얀 이 드러내고
순결의 그 가슴 열어
기쁨의 미소 지으며

서녘엔 아직 달이 떠 있는데
나는
저 - 지는 달일까?
떠오르는 일출일까?
진달래 빛 울산암일까?
흰 들국화일까?

아니
아니
이 새벽 어느 공간 속에도
내 피는 돌고 있노라
숨 쉬고 있노라
우주 속에 내가 살고
내 속에 우주가 맥박치며
그렇게 우리는
하나로 존재하노라

축항에 앉아서

충만으로 일렁이는 물결
그 품 안에
소라 해파리
이름 모를 해초들의
생명의 찬가
환희의 율동

붉은 태양의 용솟음

흰 파도 위 갈매기 너울너울

꿈꾸는 작은 섬
소나무숲
전설의 속삭임

어디선가 들리는
그리움의 노래

이 완벽의 화음을

그대여, 화폭에 옮겨 보려나

그 속에 내 마음도 그려 넣어 주게

4 부

무지개

폭풍우 개인 산언덕 위
파르라니 하늘다리 놓고

뇌성 치며 분노하던 밤
너를 잉태하느라
그 진통의 소리

어둡고 긴 몸부림
모두 잊은 듯
살포시 피어난 너의 미소

그 눈물방울 모여
일곱 색의 나래옷 입고
하늘하늘
승천하는 모습

삶의 기쁨
삶의 슬픔
이제는

나래 위에 얹고서
머나먼 하늘나라
네 고향으로
높이
높이
날아가거라
인고의 하늘꽃이여!

촛불

흰 몸 태워 불 밝히고
뜨거운 눈물 흘리며
흐느끼는 모습

그리움 안으로 삭히기 너무도 아파

님 오실 언덕에 서서
하염없이 눈물짓는
순결의 불꽃이여!

이 몸 다– 타기 전에
이 눈물 다– 식기 전에
어서 와 주오
그리운 사람이여!

담을 곳 없고
담길 데 없는
샘솟는 이 마음을
당신의 마음 깊은 곳으로 데려가

영원한 불꽃이 되어
타오르게 해 주오

부처님께

부처님이시여!
어디 계시나이까?
당신을 얻고자 여기까지 왔습니다
폭풍우 몰아치는 진구렁 속을 헤맸나이다

가시덤불 속에서 피를 철철 흘리며
또
당신을 찾았습니다
당신이 그리워
온종일 슬피 울던 날도 있었습니다

님이여! 어서 내게 와 주오

내 마음속 탐, 진, 치 산화하여
자비의 빗줄기 되어
아픈 이의 상처에 약이 되고
부모 잃은 아이의 엄마이고
남편 잃은 여인의 지아비이고
감옥 안 죄수에게는

10년을 1년으로
1년을 하루로
앞당기는 시계이고 싶습니다

부처님이시여!
이 생명의 불이 꺼지기 전에
빛으로 다가와
나의 원을 이루게 하여 주소서

기도하는 밤

성낸 파도가 몰려오는 날
당신의 눈빛이 비치는 순간
바다는
조용히 돌아갑니다

폭풍이 몰아치는 언덕 위
당신의 잔잔한 음성이 부르시면
바람은
고요히 잠이 듭니다

대화를 잃어버린 침묵의 나날
당신과의 소리 없는
수많은 대화가
나를
머무르게 합니다

번뇌의 불길이
푸르렀던 서원을 모두 불태워
재가 되는

마지막 남은 그 시간
당신이 나를 부르며
육바라밀을 설하고 계십니다

님의 고요한 흐느낌이여!
내 원력의 나약함을
내 수행의 게으름을 어찌하오리까?

당신의
옷깃에 흐르던
선정의 향으로
나는 이 밤
기도를 올리렵니다

법사님을 보내며

님께서 제 곁에 있을 때
저-
푸른 파도가
무엇을 의미하는지
늘 생각했었소

철썩이는 소리
흰 물보라
푸른 물결
끊임없이 속삭이는데
나는 알 수 없었소

그러나
그 어느 해 질 무렵
나는 깜짝 놀랐소
그것은
나를 고뇌 속으로 몰았던 장애였소
황홀한 발견이었소

홀로 떠나시는 님이여!
오늘
푸른 파도는
또
속삭입니다
벅찬 행복에
슬픈 의미를…
만남의 기쁨
이별의 슬픔
모두 소중한 시간들
님께서 심어 주신 진리의 말씀은
영원한 보석이 되어
찬란히 빛날 것입니다
그 빛이 반짝일 때마다
님 그리워
눈물이 흐른다 해도
님과의 인연의 기쁨일 것이오
그 어떤 장애가 온다 해도
님의

말씀이 방편이 되어
커다란 용기를 줄 것이오

당신께서 두고 가신 이 벅찬
삶의 의미를
우리들은
영원히 기억하리오
아니
등불이 되어
어두운 중생들 가슴에
찬란한 빛이 된 것입니다

그 언제 또
고운 미소 만나리오

별이 빛나는 밤하늘 보며
나는
어린아이처럼 울었습니다
이제는

길을 잃고 헤매는
많은 이를 위해서
님을 고이 보내 드리렵니다
그리고
나는
다시
파도의 의미를
깊이 생각해 보렵니다

법사님께

님의 힘찬 발걸음은
진리를 심어 주려 바쁜 길 떠나시고
해맑은 이마는 지혜에 빛나며
뛰노는 가슴은
선정에 들며
자비의 손길은 번뇌를 잠재우고

푸른 음성은
관음 소리인가
옷깃을 여미게 하며

겨울 호수를 닮은
님의 눈빛은
무명에 싸인
내 가슴속을 꿰뚫어 봅니다

율려의 북소리

나 하늘 되어 내려온 후
가슴에서 울려오는 북소리

잠들어 있는 생명을 깨우는
북소리 둥 둥 둥

그대들이여!
이 소리 들리거든 어서 잠을 깨시오
어서 춤을 추시오
슬픔도 욕망도 다 털어 버리고 춤을 추시오
내 그대들에게 날개를 달아 주리니
가볍게 모두 춤판을 벌리구료
어서어서 날개 달고 허공을 납시다
날갯짓하다 보면 티끌도 없이 날아오를 겁니다

율려의 북소리 둥 둥 둥
천지를 진동하며 울려 옵니다
어서 잠을 깨시오
내 사랑하는 이들이여!

님은 나에게 꽃처럼 절하라 하시네

님은 나에게
꽃처럼 절하라 하시네

꽃 위에 태양이 내려오고
땅속 깊은 곳 뿌리 타고 올라오는 천 년의 물

나에게만 천, 지, 인이 있는 줄 알았더니
꽃 속에도 대삼합이 있었네

꽃의 숨결
꽃의 슬픔
꽃의 일생
나는 오늘 꽃이 되었네

황홀한 미소 머금고
우주 속에 꽃이 되었네

해님 달님

밤하늘엔 달님이 있고요
낮 하늘엔 해님이 있지요

오막살이 내 집엔
해님도 달님도 함께 살아요

둥글둥글 내 아들은 해님이고요
샐쭉샐쭉 내 딸은 달님이지요

해님이 싱글벙글 웃을 때는요
내 가슴은 뭉게뭉게 구름이고요

달님이 새실새실 안겨 올 때는
내 가슴엔 은하수 다리를 놓죠

해님 달님 엄마하고
노래하면
천사들이 내려와 함께 불러요
저 - 하늘 가득히 울려 퍼져요

맥주 한잔에

맑은 유리잔에 맥주를 채운다
하루를 끝낸 이 시간
잠이 들기엔 아쉬움이 남는다
무사히 하루를 끝낸 안도감이
충만한 행복으로 바뀌어 가는 이 시간
외로움의 엄습함도 있지만
그보다
나에게 온 치명적인 아픔의 소리들을
인욕으로 정진하며 부처의 소리로 바꾸어
들을 때 마음 깊이 합장하노라
그 기쁨에 혼자 축배를 들라

내 귀여운 아이들도
하루의 고달픔을 쉬며 잠들고 있다
관세음보살님! 저들을 위하여
자비를 베푸소서

하루 중
이 시간의 아쉬움 때문에 매일 잠을 설친다

내 심연의 못 가에 앉아 조약돌을 던지며
찬 맥주를 마신다

내일의 괴로움 같은 것은 생각지 말자
오직
이 시간의 고요함에 싸여
심연에 그윽이 서린 안개만을 음미하자
노란 잔에 가득히 내 젊은 꿈들이
눈을 반짝인다

올림픽이여! 인류의 합창이여!
— 춘천올림픽 2주년 기념 백일장 장려상 작품

젊음의 환성이 울려 퍼지던 그 날
의리의 화합이 맥박치며
가슴을 설레게 하던 뜨거운 우정
끈기와 은근으로 다져온 우리 민족의 혼이
세계만방에 떨치던 그 날
드높은 푸른 하늘에
태극기와 만국기가 펄럭이던 날
이 세상 무엇이 그보다 더 감동을 주었는가?

세계의 젊음들이여!
우리 푸른 창공으로 하나가 되자
자전과 공전이 끊임없는 우주의 조화가
우리들 마음이 되어
지구를 무대로
대연주회를 가지자

그리고
저 - 푸른 바다를 노래하라
어느 나라

어느 곳에 물도
차별 없이 다 수용하는
무량의 그 마음
무수한 생명이 그 속에 살며
전설을 만들고

바람은 파도를 만들지만
수평선을 유지하려 하는 의지의 바다
그 준엄한 평등의 진리를 노래하라

전쟁의 씨앗이여!
우리의 가슴으로 모두 오라
우리의 하모니가 태양이 되어
너를 불태워
평화의 꽃으로 승화시키리

너희들의 욕망이 헛된 꿈인 것을 깨우쳐
일곱 색의 무지개로 만들어
저 - 하늘나라로

영원히 떠나보내리

백의의 민족이여!
우리 다시 올림픽 광장에 모여
통일의 대로를 따라
세계의 평화를 향한 선두주자가 되어
손을 높이 들고
희망찬 교향곡을 연주하라
88올림픽의 깊은 의미를 되새기면서…

사랑하는 천사들에게

포대기에 싸여 하늘에서 내려온 나의 천사
젖 향기 구름처럼 뭉게뭉게
온 누리에 가득하네

네 어미의 고운 눈썹 아래 영글어 가는
수정 같은 행복이 반짝이며
내게 손짓한다

어느새 성큼 여인이 되어 다가온 내 며느리
굵은 선의 아름다움
더욱 따스해진 손길
풍만해진 너
진한 여인의 내음이 풍겨나온다

사랑하는 내 천사들
영원히 그 모습 잃지 말고 살거라
그것이 바로
찬란한 삶의 본질이란다
내 사랑, 나의 천사들이여!

시월에

당신이 살아 있어
이 시월은 생명의 찬가로 가득하오

태양은 당신의 의지로 타오르고
당신의 기쁨 분홍빛 복사꽃으로 피오

투명한 푸른 물결
당신의 마음이오

흰 파도는
당신의 고뇌로 부서져 밀려가고

당신의 이상은
갈매기 나래 위에 활짝 펴 나르오

시월의 보리밭
녹색의 물결 설렘이 춤추오

당신이 내게 숨어 있어

나의 사랑 노래 그칠 줄 모르오

당신이 밟고 가신 땅
바라본 하늘
숨 쉰 이 공간

이 세상 어디에도
당신이 없는 곳 하나 없소
그대 살아 있어
이 세상은 온통 사랑스러운 것뿐이라오

푸른 별 총총히
빛나는 밤하늘
당신과 나
끝없는 우주 공간에
황금빛으로 다가와
완전한 하나가 되어
영원한 빛으로
반짝입니다

등굣길

한쪽 어깨 가방 메고
한쪽 손은 주머니에 넣고
뒤뚱뒤뚱 걸음걸이

까만 눈동자
새침한 꽃입술
어리광 목소리
타박거리는 까만 머리 날리며
학교 가는 길

그 뒷모습 보며
이 아침
울먹이는 내 가슴

이 세상 무엇이
저보다 더 빛날까?

아이들아!
어서어서 커

모든 이에게 꿈이 돼다오
그리고
아, 엄마를 지켜다오
나의 생명수, 천사들이여!

산골 아버님

― 낙산사 스님

아우와 함께
고향에 갔었네
풀 내음
산꽃 내음
아버님 내음

도시 속에 지쳐 버린
내 가슴에
그분은
봄날이 되어
거기 계셨네

그 언젠가 어린 날처럼
별빛 쏟아지는 오솔길 걸으며
아우는 왼손을
나는 오른손을 잡고
도란
도란
도깨비 나오던

옛이야기 들려주시며
조심해 가라시던
산골 아버님

그분
가슴 깊은 곳에
숨겨 놓은 고독의 샘물이
별빛 아래 흐르는 것을
나는
훔쳐 버렸네

나는 다시 가려네
홀로 계신 아버님 곁으로
번뇌의 불길로 잠 못 드는 밤
깃털에 묻힌 어린 새 되어
칭얼칭얼
자장가 졸라 보려네

오빠 생일 아침에

육십을 넘어 칠십 고개 나의 오빠
미시령 준령처럼 늠름한 당신
설악을 지나는 바람 소리보다 더 창창한 목소리
아직도 불끈불끈 솟는 고함은
든든한 거목처럼 나의 버팀목입니다

나를 두고 먼 곳으로 떠날 뻔했던 날
당신 곁을 떠나려 했던 몹쓸 이 누이가
오늘 아침 사랑이라는 말이 더 모자라는
그 무엇이 우리 사이에 뜨겁게 흐르는 것은
떠나신 어머님이 남겨 놓으신 선물인가요?

언젠가는 우리가 이별하겠지만
그날까지 우리가 남겨 놓은 인연의 씨앗을
소중하게 거두어
그들에게 인생이 무엇인가를 심어 주고
떠나갑시다
설악산 울산바위 대청봉에 흰 눈이 덮여
장관입니다

대자연의 지극함과 오빠의 진실함이
함께 보이는 찬란한 아침입니다
오빠! 생일을 축하합니다

전방 위문 길에서

저 - 산 너머 등성이에 구름이 간다
먼 북쪽 하늘을 향해 간다

나는
오늘
이 산세에
피곤한 몸을 쉬어 가련다
너 먼저 날아가
내 님께 전해 주렴아
내 그리움의 노래를…

낙엽이 뒹구는
이 적막한 산세에 구름이 간다
두 팔을 벌리고
너는 가고 있구나
나는 이렇게 서 있는데
너만을 바라볼 뿐

떠날 수 없는 오늘

구름아! 어서 날아가
내 님께 전해다오
평화의 종소리 울리는 날
저 - 구름 타고 날아가
당신의 품속에 얼굴을 묻겠노라고…

저녁

담장 모퉁이 돌 하나 있는데
작은 아이 엄마 기다리며
앉아 있는 돌이라네
언덕 위에 어둠이 오는데
장사 떠난 엄마는 왜 안 오시나?
새까만 눈동자가 어둠 속에 박힌 듯
작은 발을 구르며 기다리는 어린 가슴

어둠 속에 엄마 모습 보이자
거미 같은 아이들이 엄마를 부르며 달려온다

양팔에 안겨 오는 아이들
새까매진 손바닥을 엄마 품에 문지르며
칭얼칭얼

바쁜 걸음 달려온 젊은 엄마는
황금알을 품은 어미 닭의 가슴으로
아이들을 안고
등불을 켠다

초원에서

잡초가 우거진 당신의 초원에
함초롬히
한 송이 백합이 되어
당신을 향기 속에 묶어 두고 픕니다

나는
또 하나 새가 되어
웃음 잃은 당신의 귓전에
봄 노래를 부르렵니다

적막이 스민 당신의 밤
나는 파란 별이 되어
당신의 밤하늘을 빛내고픕니다

쓸쓸한 당신의 눈동자
별을 볼 무렵
나는 또 하나 달이 되어
어두운 그 가슴을
살며시 비추렵니다

연꽃으로 피어 주오

오늘은 폭풍이 붑니다
파도가 몰려옵니다

당신은 오늘
진흙 속에 깊이 묻힌 연뿌리이지만

폭풍우 걷히는 아침
찬란한 태양과 함께 솟아 주오
붉은빛의 꽃으로

그날이 언제가 되더라도
당신은 정녕
부처님 앞에 바칠
연꽃으로 피어 주오
그날
이 몸은
향로 가득히
향을 피워 올리리다